美食新天地

老公下厨

第二版

朱太治 双福 编著

目 录
contents

肉末烧豆腐

原料：

豆腐500克，肉末200克，葱花、姜片、盐、花生油、料酒、味精、水淀粉、鲜汤、香菜各适量。

制作：

① 将豆腐上笼蒸5分钟，取出晾凉，切成长片。

② 炒锅注油烧热，投入葱花、姜片爆香，放入肉末煸炒数下，再加鲜汤、料酒和豆腐片，炖至汤汁奶白。

③ 待烧熟烂，加入盐、味精调味，用水淀粉勾芡，撒入香菜末，出锅即可。

特点：

润口，鲜香。

五彩白菜丝

原料：

去头白菜心 500 克，水发香菇 250 克，红椒 200 克，香菜 100 克，鸡蛋 2 个，葱丝、姜丝、盐、味精、花生油、料酒各适量。

制作：

① 将白菜心、水发香菇、红椒洗净后切成丝，香菜洗净切段。

② 将鸡蛋煎成蛋饼，改刀成丝。

③ 炒锅注油烧热，投入葱丝、姜丝爆锅，放入白菜、香菇、红椒、盐、料酒煸炒至白菜变软，再放入香菜、味精、鸡蛋丝翻炒几下，出锅即可。

特点：

香鲜味浓，色彩艳丽。

Cooking

海米烧三元

原料:

大海米10只，莴苣、白萝卜、胡萝卜各250克，木耳、葱花、姜丝、盐、味精、料酒、花生油、水淀粉各适量。

制作:

① 海米泡发后备用。

② 莴苣、白萝卜、胡萝卜去皮洗净，挖成直径2厘米的圆球形。

③ 炒锅注油烧热，下葱花、姜丝炒香，加入适量鲜汤及莴苣、萝卜、木耳，用急火烧开，改用慢火烧熟，加入盐、味精调味，用水淀粉勾芡即成。

特点:

色美，味香。

Cooking

肉丝绿豆芽

原料：

猪瘦肉250克，绿豆芽500克，香菜、葱丝、姜丝、盐、味精、酱油、花生油、料酒、鲜汤各适量。

制作：

① 将猪肉洗净切成丝，绿豆芽去头尾洗净，香菜去叶洗净切段。

② 炒锅注油烧热，下入葱丝、姜丝、肉丝煸炒数下，倒入绿豆芽、香菜段翻炒，加入盐、味精、料酒快速翻匀，装盘即可。

特点：

色泽洁白，香嫩爽口。

Cooking

木耳豆腐

原料：

豆腐 500 克，木耳 50 克，葱末、姜末、火腿、盐、花生油、水淀粉、鲜汤各适量。

制作：

① 将豆腐上锅蒸熟，取出切丁；木耳用温水泡发后洗净切丁，火腿切丁。

② 炒锅注油烧热，下入葱姜末爆锅，放入木耳煸炒数下，加入鲜汤、盐烧开后，用水淀粉勾芡，撒上火腿丁，翻匀，出锅即成。

特点：

鲜嫩爽口，养颜活血。

Cooking

牛奶炒蛋清

原料：

鲜牛奶250克，鸡蛋清500克，火腿末、盐、花生油、水淀粉各适量。

制作：

① 将鲜奶盛入碗内，加入鸡蛋清、盐，水淀粉打匀。

② 炒锅注油烧热，将牛奶蛋清投入锅内，翻炒至刚断生，撒上火腿末，装盘即成。

特点：

滋润皮肤，健脾生肌。

Cooking

黄鱼烧豆腐

原料：

黄鱼1尾，豆腐500克，水发木耳25克，青菜心、葱段、姜片、盐、味精、花生油、料酒各适量。

制作：

① 将鱼宰杀，去鳞、鳃、内脏洗净，鱼身两侧打斜刀待用；豆腐洗净切厚片，木耳、青菜心洗净。

② 炒锅注油烧热，下入葱段、姜片爆锅，再下鱼两面略煎，加入鲜汤、料酒、盐，烧开后去浮沫，放入豆腐、木耳，用慢火烧熟，加入青菜心、味精，将青菜心围盘边，将鱼盛在盘中即可。

特点：

鱼肉细嫩，味美适口。

Cooking

糖 醋 排 骨

原料：

猪排骨500克，葱末、姜末、酱油、花生油、白糖、醋、料酒、盐各适量。

制作：

① 将排骨洗净剁成3厘米长段，用开水氽一下，捞出放盆内，加入盐、酱油腌入味。

② 炒锅注油烧至六成热，下排骨炸至淡黄色捞出；油温加热至八成，再下锅炸至金黄色捞出。

③ 炒锅留少许油烧热，下入葱花、姜末爆香，加入适量清水、酱油、醋、白糖、料酒，倒入排骨，烧开后用慢火煨至汤汁浓，排骨熟，淋上熟油，出锅即可。

特点：

色泽红亮，酸甜可口。

Cooking

老厨白菜

原料：

嫩白菜500克，五花肉200克，粉皮100克，香菜、葱花、姜片、盐、酱油、花生油、味精、料酒各适量。

制作：

① 将白菜洗净切片，用开水烫一下捞出备用；五花肉切片，粉皮泡至滑软，香菜洗净切段。

② 炒锅注油烧热，下入葱花、姜片、五花肉煸炒出香味，加入白菜、盐、酱油、料酒，翻炒至七八成熟，再加入粉皮、味精翻炒几下，撒上香菜，出锅即可。

特点：

滑嫩味美。

Cooking

青椒炒腐竹

原料:

水发腐竹、青椒各250克, 水发香菇100克, 葱花、姜片、盐、酱油、料酒、味精、花生油、香油各适量。

制作:

① 将腐竹洗净切小段, 香菇洗净切片, 青椒洗净切丁。

② 炒锅注油烧热, 下入葱花、姜片爆锅, 放入腐竹、香菇、青椒翻炒数下, 加入盐、酱油、料酒、味精及少许鲜汤, 炒至变软变色, 淋上香油, 出锅即可。

特点:

味美爽口。

红烧五花肉

原料：

带皮五花肉500克，酱油、花生油、料酒、白糖、葱段、姜片、八角、桂皮各适量。

制作：

① 将五花肉洗净，切成3厘米见方的块，用开水汆一下备用。

② 炒锅注油烧热，倒入肉块翻炒，呈白色时加入酱油、料酒、白糖、葱段、姜片、八角、桂皮，稍加翻炒，再加入适量鲜汤，用旺火煮沸，打去浮沫，改用小火烧至熟烂，出锅即可。

特点：

酱红鲜亮，酥嫩味美。

香椿炒鸡蛋

原料:

嫩香椿头150克, 鸡蛋5个, 盐、料酒、植物油各适量。

制作:

① 将香椿头洗净, 用开水烫一下, 捞出过凉切末。

② 将鸡蛋磕入碗内, 加入香椿、盐、料酒, 搅成蛋糊。

③ 炒锅注油烧至七成热, 将鸡蛋糊倒入锅内, 翻炒至鸡蛋嫩熟, 淋上少许熟油, 装盘即可。

特点:

金黄翠绿相间, 香椿味浓。

辣椒炒肚片

原料：

白煮猪肚500克，青椒、红椒各250克，葱花、盐、料酒、味精、花生油、水淀粉各适量。

制作：

① 将猪肚片成片；青红椒切开去筋去籽洗净，用开水汆一下，捞出切成小段。

② 炒锅注油烧热，下入葱花煸香，放入肚片翻炒几下，加入青椒、红椒、盐、料酒、味精，翻炒至八成熟，用水淀粉勾芡，淋上熟油，出锅即可。

特点：

色艳味美。

Cooking

蜇皮炒豆芽

原料：

泡发蜇皮250克，绿豆芽500克，胡萝卜200克，香菜200克，盐、料酒、花生油、味精、葱花各适量。

制作：

① 将泡发蜇皮洗净切长丝，用开水氽一下，捞出备用；绿豆芽去头尾洗净备用。

② 炒锅注油烧热，下入葱花爆锅，放入绿豆芽、胡萝卜、海蜇丝、香菜段翻炒，至绿豆芽、胡萝卜变软，加盐、味精、料酒，翻匀出锅即可。

特点：

爽口脆嫩。

Cooking

蒜香茄子

原料：

茄子500克，蒜头10克，葱末、姜末、盐、酱油、花生油、味精、料酒、白糖各适量。

制作：

① 将茄子洗净去蒂，撕成块状备用；蒜头去皮切片，香菜洗净切段。

② 炒锅注油烧热，下入蒜片、葱姜末爆锅，倒入茄子翻炒，至软熟时加入酱油、白糖、盐、料酒，炒至茄子熟透，用旺火收浓汤汁，放入味精、香菜，翻匀出锅即可。

特点：

蒜香浓郁，咸鲜可口。

Cooking

蒜苗肉丝炒百叶

原料：

牛百叶250克，猪瘦肉250克，蒜苗100克，葱末、姜末、盐、味精、料酒、酱油、花生油、鲜汤各适量。

制作：

① 将牛百叶洗净切丝，猪瘦肉洗净切丝，蒜苗洗净切段。

② 炒锅注油烧热，下入葱姜末爆锅，倒入肉丝翻炒几下，加入酱油、盐、料酒和百叶丝、鲜汤稍加翻炒，再加入蒜苗段、味精，翻炒均匀，淋上熟油，出锅即可。

特点：

绿白相间，蒜香味浓。

Cooking

海米烧冬瓜

原料:

冬瓜 500 克，海米 100 克，香菜、木耳、盐、料酒、葱丝、姜丝、鲜汤各适量。

制作:

① 将冬瓜去皮、瓤洗净，切成长方形片；海米泡发，木耳泡发洗净，香菜洗净切小段。

② 炒锅注油烧热，下入葱、姜丝、海米煸炒几下，放入鲜汤、冬瓜片、木耳、盐、料酒，烧至菜熟，汤白，加入味精，撒上香菜段，翻炒均匀，出锅即可。

特点:

汤清味鲜。

Cooking

蒜苗五花肉

原料：

带皮猪五花500克，青蒜苗250克，葱花、酱油、花生油、盐、料酒、味精各适量。

制作：

① 将带皮猪五花肉洗净，下入开水锅中煮至八成熟，捞出晾凉切成厚片；青蒜苗洗净切小段备用。

② 炒锅注油烧热，下入葱花爆锅，倒入肉片翻炒至卷缩，加入青蒜苗、酱油、盐、料酒、味精翻炒几下，出锅装盘即可。

特点：

色泽油亮，肉片滑软，蒜味浓郁。

Cooking

润肤豆腐鱼

原料:

鲫鱼 500 克, 豆腐 250 克, 白萝卜 200 克, 香菜、盐、料酒、鲜汤、花生油、胡椒粉各适量。

制作:

① 将鲫鱼去鳞、鳃、内脏洗净, 豆腐洗净切厚片, 白萝卜洗净切丝, 香菜洗净切小段。

② 炒锅注油烧热, 下入葱姜丝爆锅, 烹料酒, 加入鲜汤、盐、鲫鱼, 用旺火烧开, 打去浮沫, 再加入豆腐片、萝卜丝, 慢火炖熟烂, 撒香菜段, 出锅即成。

特点:

养颜润肤, 补虚健脾。

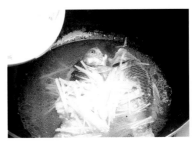

Cooking

辣炒仔鸡

原料：

童子鸡1只（约500克），青椒、红椒各200克，葱花、姜丝、盐、花生油、酱油、料酒、水淀粉各适量。

制作：

① 将鸡宰杀，去毛去内脏，洗净后剁块，用开水汆一下待用；青红椒洗净切块。

② 炒锅注油烧热，下入葱花、姜丝烹锅，倒入鸡块炒至八成熟，加入酱油、盐、料酒、青红椒、鲜汤翻炒数下，烧至熟烂，用水淀粉勾芡，淋上熟油出锅即可。

特点：

鸡块鲜嫩，微辣适口。

Cooking

咖喱鸡块

原料:

鸡1只（约500克），葱头200克，土豆200克，咖喱粉、盐、花生油、水淀粉、白糖、料酒各适量。

制作:

① 将鸡宰杀，去毛去内脏，洗净后剁块，用开水余一下待用。

② 土豆去皮洗净，切滚刀块；葱头去外皮切方块。

③ 炒锅注油烧热，将葱头和咖喱下锅煸炒几下，加入鲜汤、鸡块和土豆块，用旺火烧开，加入料酒、盐、白糖烧至熟烂，用水淀粉勾芡，淋上熟油，出锅即可。

特点:

汤汁香浓，鲜辣适口。

Cooking

可乐鸡翅

原料:

鸡翅中400克, 香菜3棵, 可乐, 酱油各适量。

制作:

① 将鸡翅中洗净, 用开水氽一下, 捞出备用; 香菜洗净切段。

② 将鸡翅中倒入锅中, 加入可乐、酱油及适量清水, 用旺火烧开, 改用小火慢烧, 适时翻动, 烧至鸡翅熟烂、汤汁浓缩, 出锅即成 。

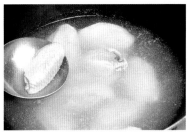

特点:

色泽红亮, 质嫩味香。

Cooking

炸臭豆腐

原料：

臭豆腐8块，猪五花肉200克，鸡蛋1个，植物油、盐、料酒、淀粉各适量。

制作：

① 将臭豆腐洗一下，五花肉洗净，切与臭豆腐相似的厚片，均盛放碗内，加料酒、盐、鸡蛋、淀粉拌匀上浆。

② 将臭豆腐、肉片依次相隔，用竹签串起来，逐一串好后备用。

③ 炒锅注油烧至七成热，下入臭豆腐肉串，边炸边搅动，炸至臭豆腐呈金黄色、肉片外焦里嫩时，捞出沥油，装盘即可。

特点：

外焦里嫩，香味特异。

Cooking

家常肉片

原料：

猪里脊肉300克，水发木耳100克，红辣椒、青菜心、葱姜、酱油、花生油、盐、料酒、水淀粉各适量。

制作：

① 将里脊肉洗净切厚片，红辣椒洗净切片，木耳、青菜心洗净切块，葱姜切丝。

② 炒锅注油烧热，下入葱姜丝爆锅，随即倒入肉片翻炒至熟，加酱油、盐、料酒、辣椒、木耳、青菜心翻炒，用水淀粉勾芡，淋上熟油，出锅即成。

特点：

肉片滑嫩，辣香爽口。

Cooking

西式炸猪排

原料：

猪排骨 750 克，葱头、胡萝卜、芹菜、黄瓜、鸡蛋、番茄酱、面包糠、白糖、盐、花生油、胡椒粉、鲜汤各适量。

制作：

① 将猪排骨洗净切成小段，用刀拍松，撒盐、胡椒粉，裹匀鸡蛋液、面包糠待用。

② 炒锅注油烧至五六成热，下入猪排骨炸至熟透，捞出装盘；葱头、芹菜、胡萝卜、黄瓜洗净切丁。

③ 炒锅注油烧热，放入葱头、芹菜、胡萝、番茄酱翻炒至变软，变红，加黄瓜炒几下，加入鲜汤、盐、醋、白糖，调味盛出，与炸好的猪排骨同食。

特点：

营养丰富，味美适口。

Cooking

玉 米 虾 仁

原料：

净虾仁 250 克，甜玉米 250 克，青椒、盐、料酒、味精、鲜汤、花生油、水淀粉各适量。

制作：

① 将虾仁洗净，装入碗内，加入盐、料酒、水淀粉拌匀；青椒洗净切丁。

② 炒锅注油烧至六成热，倒入虾仁，炒熟取出。

③ 炒锅注油烧热，下入青椒翻炒至断生，倒入甜玉米、虾仁煸炒，加入鲜汤、盐、味精、料酒翻炒几下，用水淀粉勾芡，出锅即可。

特点：
色泽鲜亮，鲜甜爽口。

Cooking

时 蔬 浓 汤

原料：

卷心菜、生菜各200克，红菜椒、鸡肉各150克，盐、味精、水淀粉各适量。

制作：

① 将卷心菜、生菜、红菜椒洗净切丝，鸡肉切丝。

② 炒锅内添适量清水烧开，倒入卷心菜、生菜、红椒烧开，加入鸡肉丝，稍煮，加盐、味精，用水淀粉勾芡，出锅即可。

特点：

色艳味美。

Cooking

蚝油双菇

原料：

草菇、香菇各250克，青菜心150克，盐、料酒、花生油、蚝油、水淀粉、葱姜片各适量。

制作：

① 将草菇、香菇洗净切片，用开水汆一下，捞出备用；青菜心洗净切片。

② 炒锅注油烧热，下入葱姜片爆锅，倒入草菇和香菇煸炒，加入蚝油、盐、料酒及青菜心，稍加翻炒，勾芡淋上熟油，将青菜心摆在盘周围，双菇盛在盘中即成。

特点：

咸鲜适口。

Cooking

红烧肥肠

原料:

熟猪肥肠500克, 胡萝卜、青椒、香菜、花生油、酱油、盐、味精、料酒、醋、白糖、水淀粉、葱花、姜丝各适量。

制作:

① 将猪肥肠切成段, 放入碗中, 加酱油、料酒腌渍; 胡萝卜洗净切片, 青椒切段, 香菜切末。

② 炒锅注油烧热, 下葱花、姜丝爆锅, 倒入肥肠煸炒, 加入酱油、盐、料酒、白糖、醋及鲜汤, 烧透, 再加味精、胡萝卜、香菜翻炒几下, 用水淀粉勾芡, 出锅即可。

特点:

色泽红润, 香味浓郁, 肥而不腻。

Cooking

海鲜色拉

原料：

　　鱿鱼、目鱼、蟹肉棒各 200 克，胡萝卜、卷心菜、红辣椒、色拉酱各适量。

制作：

　　① 将鱿鱼、目鱼洗净切丁，蟹肉棒切丁，胡萝卜、卷心菜、红辣椒洗净切丁。

　　② 将各种原料分别用开水汆一下，捞出备用。

　　③ 将鱿鱼丁、目鱼丁、蟹肉棒丁、胡萝卜丁、卷心菜丁、红辣椒丁放入盆中，加入色拉酱拌匀，装盘即可。

特点：

色艳味美。

Cooking

虾仁水果煲

原料:

净虾仁200克, 黄瓜200克, 西瓜200克, 鸡蛋1个, 盐、料酒、水淀粉各适量。

制作:

① 将虾仁洗净, 剁成茸, 加入蛋清、水淀粉、盐, 用力搅匀, 做成小丸子, 下入开水锅中氽熟备用。

② 将黄瓜、西瓜挖成虾仁丸子大小的球。

③ 锅内添清水烧开, 倒入做好的虾仁丸、黄瓜丸、西瓜丸, 加料酒、盐,、烧开后倒入烫热的玻璃煲内, 上桌即可。

特点:

清淡鲜香。

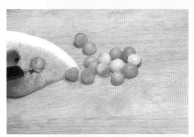

Cooking

咖喱牛肉

原料：

熟牛肉500克，葱头50克，水发木耳25克，青豆、咖喱粉、盐、味精、料酒、白糖、花生油、水淀粉各适量。

制作：

① 将牛肉切成小块，葱头切丁。

② 炒锅注油烧热，放入葱头、咖喱粉煸炒出香味，再放入牛肉、木耳、料酒、盐、白糖、鲜汤，用慢火烧透入味，加入青豆、味精，用水淀粉勾芡，淋上熟油，出锅即成。

特点：

汤汁醇厚，鲜辣利口。

Cooking

腊肉荷兰豆

用料：

荷兰豆500克，腊肉200克，蒜末、盐、料酒、味精、花生油、水淀粉各适量。

制作

① 将荷兰豆洗净，用开水焯一下备用；腊肉洗净切片。

② 炒锅注油烧热，下入蒜末烹出香味，放入腊肉炒熟，加入荷兰豆、盐、料酒、味精翻炒，用水淀粉勾芡，淋上熟油，出锅即可。

特点：

味美爽口。

Cooking

柠檬鸡片

原料：

鸡脯肉500克，鸡蛋1个，柠檬汁、盐、白糖、醋、花生油、水淀粉各适量。

制作：

① 将鸡脯肉切片，放入碗内，加蛋黄、盐、水淀粉拌匀备用。

② 锅内注油烧至五成热，投入鸡肉片。煸炒至熟出锅装盘。

③ 锅内放入适量清水，加入柠檬汁、白糖、醋烧开，用水淀粉勾芡，出锅浇在鸡脯肉上即成。

特点：

酸甜，清香，开胃。

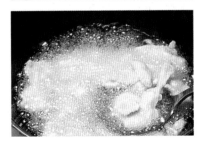

Cooking

红烧羊排

原料：

羊排骨750克，萝卜100克，红枣、葱段、姜块、香菜、老抽、胡椒粉、辣椒酱、盐、料酒、味精、花生油、水淀粉各适量。

制作：

① 将羊排骨洗净剁段，萝卜洗净切块，香菜洗净切段。

② 锅内添水烧开，放入羊排骨和萝卜同煮，熟后捞出备用。

③ 炒锅注油烧热，下葱姜爆锅，放入辣椒酱、红枣、老抽、白糖、胡椒粉及适量清水，烧开后放入羊排骨，用慢火烧至熟烂，用水淀粉勾芡，撒上香菜段，翻匀出锅即可。

特点：

羊肉酥烂，味美可口。

鱿鱼炒茼蒿

原料：

鱿鱼 400 克，嫩茼蒿 400 克，葱花、姜丝、盐、味精、花生油、料酒各适量。

制作：

① 将鱿鱼去头，洗净切丝，用开水余一下捞出；茼蒿去叶去头，洗净切段。

② 炒锅注油烧热，下入葱花、姜丝爆锅，放入茼蒿煸炒至变软，加入鱿鱼丝、盐、味精、料酒稍加翻炒，淋上熟油，出锅即成。

特点：

洁白翠绿，咸鲜爽口。

Cooking

香椿拌豆腐

原料：

豆腐400克，鲜嫩香椿头100克，香油、盐、味精各适量。

制作：

① 将豆腐洗净切丁，用开水煮沸，捞出沥干水分放入盆内加入盐、味精，稍腌待用。

② 将香椿头洗净放入开水汆一遍捞出，沥干水分切成末，撒在豆腐丁上面，淋上香油，加入盐、味精拌匀即可装盘。

特点：

鲜香，软嫩，爽口

珊瑚藕片

原料：

嫩藕500克，水发香菇50克，熟鸡肉丝50克，泡辣椒、姜、辣椒油、盐、白糖、醋各适量。

制做：

① 将藕片洗净去皮，切成薄片，用开水汆一下捞出；香菇洗净切丝，用开水汆一下捞出，泡辣椒、姜切丝。

② 将藕片用白糖、醋、盐、辣椒油拌匀，装入盘内，再将姜丝、泡辣椒丝、鸡肉丝、香菇丝撒在藕片上即成。

特点：

脆嫩爽口。

香辣土豆丝

原料:

土豆500克,水发香菇50克,青椒50克,胡萝卜25克,盐、味精、料酒、葱花、姜丝、花生油、水淀粉各适量。

制作:

① 将香菇、胡萝卜、青椒洗净切丝,用开水氽一下捞出。

② 将土豆削皮,切成丝,用凉水冲洗沥干水分。

③ 炒锅注油烧热,下入葱花、姜丝爆锅,倒入土豆丝煸炒至发软,加入青椒、香菇、胡萝卜、盐、味、料酒稍加翻炒,用水淀粉勾薄芡,淋上熟油,出锅即成。

特点:
色彩艳丽,油润爽脆。

Cooking

葱 油 鲤 鱼

原料：

鲤鱼1条，姜葱丝、干辣椒丝、盐、料酒、酱油、花生油、香菜段各适量。

制作：

① 将鲤鱼去鳞、鳃、内脏洗净，在鱼身两侧打斜花刀。

② 炒锅添适量清水，放入鲤鱼烧开，去浮沫，加入盐、料酒、酱油，用小火烧熟，捞出鱼摆在盘中，将葱姜丝、辣椒丝撒在鱼身上。

③ 炒锅注油烧至五成热，将油均匀地浇在盘内鱼身上，撒上香菜即成。

特点：

肉质鲜嫩，鱼香诱人。

Cooking

回 锅 肉

原料:

熟带皮五花肉 400 克,青蒜苗 250 克,豆瓣辣酱、料酒、盐、酱油、花生油、味精、白糖各适量。

制作:

① 将熟五花肉切薄片,蒜苗去根去黄叶后洗净,切成 3 厘米的段待用。

② 炒锅注油烧热,倒入肉片煸炒至卷缩,加入豆瓣辣酱、料酒、酱油、白糖、味精翻炒,再加入蒜苗,炒匀出锅即可。

特点:

油润红亮,香辣开胃。

Cooking

奶油卷心菜

原料：

卷心菜1棵，西红柿2个，牛奶、盐、味精、花生油、水淀粉各适量。

制作：

① 将卷心菜取嫩菜心切成块，西红柿切片，用开水分别汆一下捞出，沥干水备用。

② 炒锅注油烧热，投入菜心翻炒至熟，盛在盘中，用西红柿围边。

③ 锅内加牛奶、盐、味精及适量水烧开，用水淀粉勾芡，浇在卷心菜上即可。

特点：

奶味溢香，西式风味。

Cooking

炒 合 菜

原料：

绿豆芽400克，猪瘦肉250克，粉丝、韭菜、菠菜各100克，盐、味精、醋、花生油、酱油各适量。

制作：

① 将豆芽去头去根洗净，粉丝用温水泡软切成段，猪肉切丝，韭菜、菠菜洗净切段。

② 炒锅注油烧热，下入肉丝煸炒，加入酱油、豆芽、粉丝，翻炒至熟，再加入菠菜、韭菜旺火快炒，最后加入醋、味精、盐，翻炒几下，出锅即可。

特点：

滑爽可口。

Cooking

美式薯条

原料：

土豆250克，吉士粉、鸡蛋、盐、白糖、淀粉、番茄沙司各适量。

制作：

① 将土豆去皮，洗净切条，放入碗内，加盐、蛋黄、吉士粉拌匀待用。

② 锅内注油烧至五成热，下入薯条，用小火慢炸，炸至金黄色取出装盘。

③ 锅内留少许油，放入番茄沙司、白糖，翻炒几下，用水淀粉勾芡，盛在碟里，随薯条食用。

特点：

薯香松脆，异国风味。

Cooking

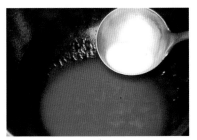

腰果西兰花

原料:

西兰花 250 克, 腰果 150 克, 胡萝卜 100 克, 盐、味精、白糖、花生油、水淀粉各适量。

制作:

① 将西兰花洗净切块, 胡萝卜切片备用。

② 锅内添水烧开, 放入西兰花、胡萝卜煮沸, 捞出备用。

③ 炒锅注油烧至三四成热, 放入腰果, 炸至金黄色取出待用。

④ 锅留少许油烧热, 放入西兰花、胡萝卜煸炒, 加入盐、味精、白糖及适量水, 烧开用水淀粉勾芡, 再放入腰果略炒, 出锅即可。

特点:

清脆爽口。

Cooking

沙律果珍鸡排

原料:

鸡胸肉2块,卷心菜1棵,葡萄干、盐、白糖、醋、花生油、辣椒油、番茄酱、色拉酱各适量。

制作:

① 将鸡胸肉用刀背拍松,加入盐、葡萄干抓匀待用。

② 卷心菜取心洗净切丝,先用盐略腌渍,再加入白糖、醋和辣椒油,搅拌后放入盘中。

③ 炒锅注油烧至六成热,下入鸡胸肉,炸至两面金黄色,出锅摆在卷心菜丝上,浇上番茄酱和色拉酱即可。

特点:

酸甜可口,西式风味。

Cooking

三彩脆皮豆腐

原料：

豆腐500克，黄瓜200克，香菇200克，胡萝卜150克，盐、味精、白糖、蚝油、花生油、水淀粉各适量。

制作：

① 将豆腐切成薄片，黄瓜、胡萝卜、香菇分别洗净切片。

② 炒锅注油烧至六成热，下入豆腐片炸至金黄色，捞出整齐地摆放盘中。

③ 锅内留少许油烧热，放入胡萝卜、黄瓜、香菇片煸炒，加入蚝油、盐、味精、白糖炒匀，用水淀粉勾芡，出锅盛在炸好的豆腐上即成。

特点：

香脆嫩滑，清淡爽口。

Cooking

酿 苦 瓜

原料：

苦瓜500克，五花肉250克，盐、料酒、花生油、水淀粉、葱末、姜末各适量。

制作：

① 将苦瓜去皮去瓤，洗净，切3厘米圆墩；五花肉剁成馅，加入盐、料酒拌匀备用。

② 将苦瓜墩空心填满肉馅，摆入盘内，入笼急火蒸熟，取出备用。

③ 炒锅注油烧热，下入葱姜末爆锅，加入鲜汤、盐、料酒烧开，用水淀粉勾芡，淋上熟油，浇在苦瓜上即成。

特点：

嫩滑清香，清热解毒。

凉拌海带丝

原料：

水发海带 300 克，五香豆腐干 150 克，水发海米 50 克，盐、味精、酱油、香油、白糖、姜末各适量。

制作：

① 将海带洗净，上锅蒸熟，取出浸泡后切丝，装盘待用。

② 将豆腐干洗净切成细丝，下开水锅煮沸，取出浸凉后沥干水分，放在海带丝上；海米撒在豆腐干上面。

③ 碗内放入酱油、盐、味精、姜末、香油、白糖、调拌成汁，浇在海带盘内，拌匀即可食用。

特点：

清凉脆嫩，咸鲜爽口。

Cooking

花蛤豆腐

原料：

蛤蜊肉 200 克，豆腐 500 克，韭菜 50 克，木耳、姜丝、盐、花生油、水淀粉各适量。

制作：

① 将蛤蜊肉洗净沥干水备用；豆腐切块，韭菜择洗净切段，木耳泡发洗净。

② 炒锅注油烧热，下入姜丝爆锅，加入蛤蜊肉、木耳煸炒，随即加入鲜汤、豆腐、盐，用旺火烧开，收浓汤汁，用水淀粉勾芡，放入韭菜翻匀，出锅即可。

特点：

鲜嫩味美。

Cooking

图书在版编目（CIP）数据

老公下厨 / 朱太治，双福编著 . —2 版 . —北京：
农村读物出版社，2011. 8
（美食新天地）
ISBN 978-7-5048-5511-4

Ⅰ.①老…　Ⅱ.①朱…　②双…　Ⅲ.①家常菜肴-菜
谱　Ⅳ.①TS972.12

中国版本图书馆 CIP 数据核字（2011）第 148395 号

编　　著	朱太治　双　福
菜品制作	陈常选　韦庆禄
摄　　影	周学武　王雪蕾
设　　计	青岛双福摄影广告公司

责任编辑	育向荣
出　　版	农村读物出版社（北京市朝阳区农展馆北路 2 号　100125）
发　　行	新华书店北京发行所
印　　刷	北京三益印刷有限公司
开　　本	889mm×1194mm　1/24
印　　张	4
字　　数	100 千
版　　次	2011 年 8 月第 2 版　2011 年 8 月第 2 版北京第 1 次印刷
定　　价	18.00 元

（凡本版图书出现印刷、装订错误，请向出版社发行部调换）